KB273260

살아만 있어다오

살아만 있어다오

김덕규 지음
살아만 있어다오
베드로서원

첫 시집을 내면서

매일 환자의 고통을 살펴야만 하는 이
어느 날
더 극심한 아픔을 들여다보게 되었다

우리 중 누군가는
북녘 땅 우리 국민의 아픔도
함께 아파해야 하는데

하늘이
그들을 위해 눈물 흘릴 수 있는 기회를 주셨기에
울고 또 울었다

눈물이 어찌 처방이 될 수 있겠는가만은
이것이 현재 내게 주어진 유일한 치료이다

시는 하늘에서 내려온다는 깨달음을 얻고도 흙에 불과한 자신의 머리로 만들어 내어 혹 기대했던 분들을 실망시켜 죄송할 따름이다.
지금은 어린 새의 날개 짓에 불과하지만 때가 되면 그분께 큰 영광을 드리리라.

표사를 주신 성춘복 시인님, 시 해설을 해 주신 남송우 교수님께 감사를 드린다.

2013년 12월 15일
글쓴이 올림

| 차 례 |

아픔

아픔

아름다움 혹은 꿈

기도수첩

아침

아침 비행(飛行)

살아만 있어다오

멀리 동편 하늘이 드러날 즈음

어두운 숲의 고요함을 깨고

새들이 일제히 날아오른다

그 날개 짓 너머

밝은 감색 꼬리를 길게 만들며

비행기 한 대 힘차게 상승 비행(飛行)을 한다

지금은 서툰 나의 아침 날개 짓

때가 되면

나를 저 높은 하늘로 데려가리라

살아만 있어다오

거제도 유스호스텔에서 맞이하는 아침

아침을 깨우는 부산한 빗소리에

잠이 멀리 달아났다

이미 훤히 밝은 바다에는

섬들이 배처럼 떠 있고

아직 하늘에 오르지 못한 해무(海霧)들이

섬 주위에서 부지런히 채비를 차리고 있다

가을비 젖어가는 거제(巨濟)바다

하룻밤 묵은 손님의 폐부를 씻어주고 있다

아 침

새벽, 영국정원(英國庭園)에서

쏴아,

제법 넓은 수로(水路)가

낙차를 만나 떨어지는 많은 물소리

일찍 잠이 깬 나를

불러내었다

찰랑찰랑,

둔덕이라고 할 것도 없는 시냇가를

따라 걷노라니

으스름한 숲 속에 이미 들어와 서있다

고목에서

나뭇잎 한 잎,

또 한 잎,

스르르 떨어지나

숲의 두터운 정적만 더욱 드러낼 뿐,

바스락,

낙엽 밟는 소리에 놀란 새 한 마리

푸르륵,

고목 위에서 저만치 날아간다

이 도시 낯선 방문자의 호기심 탓에

영국정원은 평소보다 일찍 잠을 깨기 시작한다

* 영국정원: 독일 뮌헨 도심지에 위치한 정원이름

아침 선물

매일 받으면서도
감사할 줄 모르는 나에게
오늘도 변함없이
아침을 주셨습니다

어제의 부끄러움을 잊으라고
얼굴을 씻기시고
일에 지쳐 피곤해 할까봐
밥 한술 떠 먹여주셨습니다

바삐 출근길 나서는 내 앞에

아,
당신은

빛,
빛의 카펫을
펼쳐 놓으셨습니다

죄송스러워
머뭇거리는 나의 등을 살며시 밀면서
말씀하셨습니다

"아침이 너를 반기는 구나"

아,
정말 당신은

나를 위해
천국의 아침을
내려주셨습니다

아침 식탁에서

주방에서 끓고 있는 멸치 맛국물 냄새
이미 마음 빼앗기어 시 한 줄 쓰지 못하고
다가간 식탁에는

어묵 국에
쌀밥 한 그릇
김치 한 종지를 가운데 두고
수저 한 쌍이
서로 마주 보고 있네

이 소박한 아침처럼
단 한 사람의 마음만이라도 사로잡을 수 있는
그런 시를 나 쓸 수만 있다면

살아만 있어다오

오늘 아침

창을 열고
느티나무 잎을 스치는 바람소리를
듣고 싶은

따끈한 커피 한 잔,
시편 한 구절이
생각나는

컴퓨터를 켜고 자판을 두드려서
얼른 붙잡아보는

순전(純全)한 아침

늦게 일어났기에
이제야 맞이하게 된 것을 미안해하면서도
그 눈부심에 차마 눈 못 뜨는
나에게
사랑이 다가왔다

한 번도 이 단어를
쓰려고 생각조차 해 본 적이 없었지만
이 순간 이 말을 쓰지 않을 수 없구나

이 말 외에는
내 느낌을 그대로 담아낼 수 있는 말이
없기에

순전한 아침이
나에게 시집왔다

살아만 있어다오

샌프란시스코의 아침

아 침

샌프란시스코의 이른 아침

전조등을 켠 차량들이

Bay Bridge를 넘어 오느라고 분주하나

아직도 어둑한 Wharf

비상(飛上)하려는 갈매기 날갯짓조차 보이지 않는다

St. Patrick Church 종소리는

고단한 잠에 빠진 다운타운의 빌딩들을

깨우기에는 힘 부치지만

일찍 잠이 깬 여행자는

이 도시의 매력을 너무 늦게 깨닫게 된 것을

못내 아쉬워하면서도 떠날 준비를 시작한다

전능자가 여는 아침

아침입니다

전능자 편에 서서

그의 길을 추종해온 자들만이

누릴 수 있는

영광의 아침입니다

오늘도

많은 이들이 따라 나서지는 않겠지만

쫓아가기로 작정한 사람은

마냥 행복할 것입니다

전능자가 앞서 길을 여는

밝은 아침입니다

살아만 있어다오

누구나 따라 나서기를 초청하는
아침입니다

저녁에 맛 볼 기적을
만들어 갈 아침이요,

저녁이 되어서야
자신의 선택이 옳았다는 것을
깨달을 수 있는
그 아침이
바로 우리 앞에 와 있습니다

프놈펜의 아침

차량 경적, 시장 통의 사람소리, 수탉울음소리
몰려나온 도시의 모든 오토바이 배기음의 소란함도

갓 구운 바게트 한 입,
따끈한 커피 한 잔에 다 사그라지고

모두가 밝은 얼굴로
"Good Morning!"

나무 꿈꾸다

탈북(脫北)한 그대

봄은 아직 멀었다

아버지는 국군포로

그렇게 하지 마라

하늘이 운다

꽃제비

신발 한 켤레

더 이상 할 것이 없다

그대 들리는가

새날엔

살아만 있어다오

아픔

탈북(脫北)한 그대

나무 꿈꾸다

아직 가을맞이도 시작되지 않은 언덕

홀로 나뭇잎 다 날려 보내고

그대

구름 붙잡고

하늘 날고 싶은가

밑동 베어내고

온 몸으로 바다에 뛰어 들고 싶은가

하늘 길,

물길,

막히기 전

그리운 이들에게 달려가

가슴에 한 번 품어보자고

오늘도 인적 드문 남망산(南望山) 언덕

그 모든 것 훌훌 벗어버리고

눈물로 섰는가

아 픔

탈북(脫北)한 그대

그대의 험한 두 손을 잡아보고서야
그 땅에서 당한 주님의 고난,
읽을 수 있었습니다

꼭 잡아보는 두 손 위에 떨어지는 눈물
이 보다 더 뜨거운 눈물을
주님이 흘리지 아니하셨던가요

그대를 안아보고서야
아,

정치범수용소에서
장마당에서
두만강 얼음판 위에서

살아만 있어다오

총에 맞아죽고

굶어 죽고

얼어 죽어 가는

당신의 백성을 끌어안고

우시는 주님의

그 찢어지는 심장이

이제야

정말

이제야 느껴집니다

오,

주여!

그동안

제가 어디에 있었습니까?

무엇을 하고 있었습니까?

그대는

주님이 손수 보낸 편지

일찍 보내셨으나

한참 늦게 펴든

주님의 편지

봄은 아직 멀었다

아 픔

진달래 철쭉 꽃 앞 산 곱게 단장하고

봄옷 차려입은 처녀들의 들뜬 발걸음 소리에

다들 봄이 왔다고들 하지만

모란봉에 목련 꽃망울 애써나 맺지 못하고

대동강 빨래 터 아낙네들 웃음 아직 들리지 않으니

우리들의 봄은 아직 멀었다

아 픔

아버지는 국군포로

아버지는
휴전을 불과 며칠 앞둔 날 중공군에 포로가 되었단다

아오지 탄광에서
광부 아닌 노예로 살아가는 중에
어머니를 만나
나를 낳았고

사람들은 나를 노비(奴婢)의 자식으로 취급했지만
아버지에게는 유일한 희망이었단다

아버지는 틈만 나면 고향에 관하여
말하였고 또 말하였기에
금산(錦山)이 곧
내 고향임을 알게 되었다

살아만 있어다오

아버지의 그 한 맺힘 때문인가
고향에 가면 사람 대접받고 살 수 있을 것이라는
그 소망 때문이었을까

죽을 고비를 몇 차례나 넘기고
마침내
내 고향에 왔다

아버지 숨 거두는 날까지도 가고 싶어 했던
그 고향은
날 반갑게
맞아 주었던가?

이복누이의 눈길은 따뜻하지 않았고
금산 고향민의 손길마저 차가왔다

목숨 걸고 두만강을 넘어 왔지만

고향집 뒤뜰에 빽빽하게 서 있는 대나무 그 한 대조차도

나에게 마음을 열어 주지 않았다

미전향(未轉向) 장기수(長期囚)들은 북한에 와서

영웅칭호 받고 온갖 호사 다하는데

북에 억류되었던 국군 포로의 아들은

여기에서도

모두가 귀찮아하는

탈북자의 한 사람일 뿐이구나!

그래도

나는 부끄러워하지 않는다

내 아버지는
6 · 25 참전 용사,

죽을 때까지
대한민국의 푸른 하늘을
그리워하다가
끝내 송환되지 못한
대한민국 육군 상사 김현수,

사람들은 그 이름을 기억조차 못할지라도
나만은 결코 잊지 못할
자랑스러운
내 아버지의 이름이다

그렇게 하지 마라

탈북자들을
사지(死地)로 다시 내 몰지 마라

그들은
배고픔을 면하기 위하여
생명을 부지하기 위하여
죽음을 무릅쓰고 국경을 넘어 온
난민(難民)이다

그들에게
고문과 구타와 굶주림이 기다리는 북으로
돌려보내라고 하는 죽음의 도장을 찍지 말고
난민으로 인정하여
생명을 살리는 서명을 하라

살아만 있어다오

난민들이
가기를 원하는 곳으로 보내어
자유의 공기를 마시게 하라
풍족한 빵을 먹을 수 있도록 도와주라

난민들을
그들이 그렇게 가기를 소원하는 곳,
대한민국으로 인도하라

소중한 인권을 가진 난민들을
죽음의 수용소로 내 모는 짐승 같은 짓을
다시는 해서 안 된다
당신들이 인간이면 말이다

아 픔

하늘이 운다

쏴아

쏴아

매일 밤 늘어나는 묘지위에

비가 내린다

네가 울 수 없었다면

나라도 울어야 했었는데

산야(山野)에 짐승먹이처럼 던져진

그 억울한 주검

살아만 있어다오

어찌 곡성이 없으리오
연고(緣故)조차 없으리오

쏴아아
쏴아아

모두들 못 본 체한 주검 위에
하늘이 소리 내어 운다

꽃제비

보금자리 잃은 어린 새
파닥 파닥

배고픔
추위
무서움까지

장마당엔
떨어져 있는 볍씨 한 톨 보이지 않네

여린 날개
힘 얻을 때까지
부디
살아만 있기를 빌 뿐

차디찬 두만강 얼음물에

이미 젖은 두 날개

파닥 파닥

발버둥에 그치고

자꾸 자꾸

떠내려간다

신발 한 켤레

꼭 필요한 사람이 받았겠지만
이를 시샘한 사람도 있었나보다

그 이가 얼마나 섭섭하고 화가 났으면
보위부에 알렸을까

자신이 선물 받은 신발 한 켤레를
한 사람밖에 나누어 주지 못한
그 자매의 생사는 알 길이 없고

고자질하기 전까지만 해도 한 식구였던 이들이
말할 수 없는 고초를 당하고 나온 것을 보고
그제야 그이가 분을 삭였을까

살아만 있어다오

부디

그 자매가 어디엔가 살아 있기를

고난당한 형제들이 그 이를 용서해 주기를

그 이가 가룻 유다의 전철을 밟지 말고

사울의 길을 걸어가기를

* 가룻 유다: 예수 그리스도의 열두 제자 중의 한 사람으로 예수를 배반하고 이
를 괴로워하다 끝내 자살함.

* 사울: 유대교 신봉자로 그리스도인들을 핍박하였으나 기독교로 개종한 후 바
울이라는 이름을 얻고 신실한 그리스도인이 됨. 예수 그리스도의 사도로 불림.

더 이상 할 것이 없다

날이 갈수록 힘 드는 하늘 향한 울부짖음
그러나 오늘도 멈출 수는 없다

눈물이
하늘로 흘러가면 좋으련만
어찌
아래로, 땅으로만 떨어지는가

이제
이 눈물마저 마르면
더 이상 해 볼 것이 없구나

하늘 문은 아직도 굳게 닫혀있는데
북녘 땅에 햇살이 쏟아질 기적도 없는데

하늘이여,

비록 이 눈물 아무 가치 없더라도
북녘 땅에 흥건한
그 피눈물만은
결코
결코
외면하지 마소서

아 픔

그대 들리는가

그대,

들리는가

심장 녹아내리는 우리들의 울음이

한반도

푸른 하늘

검푸른 바다에서

죽음으로 나라를 지킨

그대여

그대

받든 두 손

오늘 어찌 이다지도 떨리는가

이 엄숙한 순간에

대한국민 앞에서 맹세하노니

살아만 있어다오

내 그대들의 못 다 이룬 꿈

기필코 이루리라

그대들처럼

이 한 몸

나라에 바쳐

한라에서 백두까지

찬란한 무궁화 꽃피우리니

그대,

이제 편히 잠들라

내 사랑,

내 조국의 품안에서

새날엔

당신과 아침 겸상을 하고 싶습니다

공기 수북한 흰 쌀밥과
붉은 기름 둥둥 뜨는 쇠고기 국을 차린 상을
앞에 두고 말입니다

무슨 말을 해야 하겠지만
아무 말도 생각나지 않을 것 같습니다

이 상을 매일 지극정성으로 차린다 해도
그들이 돌아올 수 없다는 것을
이제야 깨달았기 때문일까요?

살아만 있어다오

그래도

당신을 따뜻한 아랫목에 모시고

대접하고 싶습니다

새날,

새아침이기 때문입니다

살아만 있어다오

마지막 문턱이 그렇게 높았던가

자유의 땅

약속의 땅을

마음속으로는 이미 다 밟았는데

우리의 기도가 부족했다

정성이 모자랐다

발부둥치며 울부짖는 소리들을

우리들이 귀담아 듣지 않는 사이

너희들은 죽음의 땅으로 끌려갔구나

용서해라

이 죄를 어떻게 씻을 수 있겠는가

광혁아,

너희 셋은 이름도 같은데

이름을 제대로 불러주는 사람이 없구나

국화야, 정연아,

이곳에 왔으면 얼마나 많은 사랑을 받았을까?

광영아, 철용아, 철아, 영원아,

총칼 앞에서

등에 진 배낭 속의 성경,

너희들 것이 아니라고 부인해도 좋으니

제발 살아만 다오

아 픔

그렇다
순교가
우리들의 몫이지
어찌 너희들의 몫이겠느냐

아들딸들아,

살아만 달라
살아만 있어라

우리가 그 모든 장벽을 부셔버리고
너희들을 구출 할 때 까지
제발
살아만 다오

우리 아들딸들아

아름다움 혹은 꿈

낙원을 꿈꾸다

_인도네시아 홍수희, 정필녀 선교사에게 헌정함

살아만 있어다오

야자수 너머 저 멀리

호수처럼 잔잔한 바다,

맹그로브(mangrove) 나무숲으로 둘러싸인 섬들이

구름처럼 떠 있다

저 풍광처럼 아름다운 세상을

나 여기서 이룰 수 있을까?

발목까지 빠져

장화신지 않고는 한 걸음 움직이기 힘든

질펀한 황토 뻘 위에

비 피할 수 있는 공간만 있어도 좋으니

그런 처소를 세울 수나 있을까?

살아만 있어다오

빗물이라도 받아먹어야 살 수 있는

이 원시림 속에서

가냘픈 아녀자의 몸 하나 지탱할 수나 있을까?

조금만 움직여도 한낮 더위가

나를 꼼짝 사로잡아

무기력하게 만드는 이곳에서

주어진 일을 계속할 수 있을까?

한 걸음 내 딛는 것도 허락하지 않는

저 밀림 속에 무엇이 도사리고 있는지 모른다

모르는 자에게는 두려움이 있는 법,

아름다움 혹은 꿈

해가 지고

그 많던 별들도 구름 속으로 사라지면

주위 온 세상은 암흑천지가 된다

미지(未知)와 암흑이 주는 두려움을

어제는 용케 이겨냈지만

과연 오늘도 극복해 낼 수 있을까?

저렇게 천진난만한 눈망울을 가진

먼따와이(Mentawai) 원주민들이

속절없이 거짓말 하고

아무런 양심의 가책 없이 물건을 예사로이 훔쳐간다

나 정말 이들을 사랑할 수 있을까?

살아만 있어다오

Augus Lett 선교사가

순교(殉敎)하면서까지

이 땅에서 이루려고 했던 그 일,

나 또한 그 일을 이루어 낼 수 있을까?

어느 새 서쪽 하늘 저녁놀이

바다 위에서 황홀하게 타고 있다

이곳 처음 도착했을 때부터 해 왔던

물음을 다시 해 본다

나, 정말 여기에 그 낙원을 이룰 수 있을까?

아름다움 혹은 꿈

4월의 당신

몰랐습니다

아침저녁으로 지나치는 담벼락에

부끄러운 듯 피어 있는

수백 송이 하얀 목련 꽃을 보기 전까지

정말 몰랐습니다

당신이 그 곳에 서 있었다는 것을,

언제부터인가 하고

차마 물을 수 없는 것은

마지막 눈인사를 나눈 지가

한 참이 되고도 남았기 때문입니다

죄송하고 죄송합니다

살아만 있어다오

수백 번이라도 용서를 구하고 싶어도
누렇게 변한 꽃잎이 땅에 떨어지면
그 누구도 눈여겨보지 않은 것처럼
나 역시 그러할까 두렵습니다

이제는

내 눈 가는 곳 어디서나 당신이 있도록
망막에 새겨둘 것입니다
4월 어느 날
처음 본 당신의 눈부시도록 화사한
그 모습을,

아름다움 혹은 꿈

외도(外島)

구조라(舊助羅)에서 배를 타고

해금강(海金剛)을 둘러 가면

섬 밖의 섬에 다다르게 된다

해풍이 몰아치는 이곳에 비하면

거제도(巨濟島)는 차라리 온실같이 안온하였으리라

평온했던 그 모든 것들과 결별하고

뿌리째 쑥 뽑혀 이 낙도에 옮겨 심겼구나

고향 흙 하나 발라오지 못하였기에

슬픔 잘 날 없어 보였는데

혹 고향 가는 뱃길이

끊겼다는 소문이 들릴 터면

그제야 체념하려나

그보다는

차라리 이곳이

축복의 땅이 되기를 비는 마음

더욱 간절해진다

네 안심하고 뿌리를 내릴 수 있도록,

네 무럭무럭 자라

모든 이들이 그늘 밑에서 편히 쉴 수 있도록,

남빛 바다 향한 절벽 끝에

우뚝 솟은 처소는

이 모든 소원을 빌기에

너무나 적합한 기도의 제단이 아니던가

아름다움 혹은 꿈

아름다운 날에

이 날에
세상에서 오직 한 사람밖에 없는
아름다운 신랑, 신부로 하여금
혼인가약을 맺게 하신 이시여,

신랑신부에게 복을 내려
아름다운 아내와 남편이 되게 하소서

이 부부가 받은 복이 복을 낳아
그 복으로 인하여 세상이 더욱 아름답게 하소서

그리하여

이 세상이

당신의 아름다움으로 가득하게 하소서

이 세상에서

가장,

가장,

가장,

아름다운 이시여,

아름다움 혹은 꿈

그 아름다움

당신이 만들어 준 눈으로도 볼 수 없고
당신을 닮은 손으로도 만질 수 없음이여,

내 마음이 종일토록
연모(戀慕)하나이다

당신의 아름다움은
바람에도 흔들림 없는
불꽃,

내 평생
이를 고이 품으리라
불의 노래 부르리라

이 가슴 다 타는 날
나 흙으로 돌아가려니와,

그 아름다움은
당신처럼 영원하리로다

하늘 쳐다보기

차라리 소나무가 되어
비를 맞겠습니다

아니 잔디가 되어
쏟아지는 햇살을 마음껏 받겠습니다

그냥 집이 되어
하루 종일 하늘만 쳐다보겠습니다

어쩌다 생각나서
사랑합니다
하고 빈말하느니

변함없이
하늘만 쳐다보는 그들처럼 되고 싶습니다

살아만 있어다오

창(窓)

빛은 거두어들이나
소리는 머물게 하라
나로 너무 충동하지 않도록

그대 없는 방은
감옥, 고독, 정지, 잠

무엇보다도
글 한자 쓸 수 없다

이제
바람을 허용하라

내 시를 그 모두에게 날려 보낼 수 있도록

이런 날이

살아만 있어다오

가슴이 저미도록

보고 싶은

사랑하는 이보다도

더 보고 싶은

이런 날이

이런 날이

가슴이 벅차도록

그리운

눈물이 핑 돌 정도로

그립고 그리운

이런 날이

이런 날이

내가 당신이라면

내가 당신이라면

보듬고 가겠습니다

비도

바람조차도

적어도 찾아오는 이가 있기 때문입니다

내가 당신이라면

펑펑 울겠습니다

슬프거나 심지어

기쁠 때라도

살아만 있어다오

아무리 울어도 이내 채워지는 눈물샘이 있기 때문입니다

아,
나는 당신이 너무 부럽습니다

당신은 내가 가지지 못한 것을 가지고 있기 때문입니다
당신은 살아 있기 때문입니다

아름다움 혹은 꿈

눈물비

_젖가슴 잃은 모든 여성을 위하여

비가 내립니다

사랑하는 이의 손길마저 거부하고

돌아눕는 당신의 눈에서

비가 내립니다

등 뒤에 남은 이

당신의 텅 빈 가슴 채워주지 못해

비가 또 내립니다

휑한 가슴에 남은 무심한 큰 상처(傷處)

보는 이로 하여금

다가와 부둥켜안고

비는 또 하염없이 내립니다

살아만 있어다오

변함없는 당신의 아름다움을

기억하고 있는 우리는

눈물비로 단단히 채워진 당신의 가슴에서

숫아난 희망을 봅니다

당신의 젖을 먹고 자란 아이들은

여전히 당신의 아들, 딸

이제는

더욱 넉넉한 품으로 안을 수 있습니다

마침 내리던 비가 그쳤습니다

지금은

당신이 사랑한 그 모든 이들과 눈을 맞출 때입니다

눈물비도 그쳤다는 것을 보여 줄 때가 된 것입니다

아름다움 혹은 꿈

삼월(三月)의 목련

삼월 바람이 아직 찬데
목련꽃이 피었구나

이 뜻밖의 기쁨도 잠시

순백의 꽃잎들이 땅에 떨어지는 것을
속절없이 사람들에 밟히는 것을

어떡하나
어떡하나

살아만 있어다오

비바람에 지고 발에 뭉개어질지라도
순결한 혼은 결코 멸절될 수 없는 것을

온 몸으로
온 몸으로

올 해는 여드레나 일찍
드러내었구나!

기다림

기다리다 보니
한 평생이 다 갔습니다

설혹

눈 감을 때까지 만나주지 못하실지라도
섭섭해 하지 않겠습니다

약속은 똑같이 나누어 가지는 것이기에
나에게 기다림을 안겨준
당신은
보고 싶음을 가져 가셨겠지요?

그래서
약속은 지켜질 수밖에 없다는 믿음이 생겼나 봅니다

살아만 있어다오

꿈꾸는 세방리 저녁 바다

가을 바다 순금 빛 갈아입는 저녁

바다 안개에 감춰진 섬들은

면사포 쓰고

꿈을 꾼다

해지고 동쪽 하늘에

하나 둘 별 나타날 즈음

달빛 타고 캄캄한 바다 건너오는

신랑 맞을 꿈꾼다

* 전라남도 진도군(珍島郡) 지산면(智山面) 세방리(細方里)는 우리나라에서 해지는 풍광이 제일 아름다운 곳으로 알려져 있다.

기도수첩

애통하는 마음

주께서 아파하시는 것을 보여주시기 전까지
제 속에 그런 아픔이 없었습니다

죄송합니다
미안합니다

둔감한 종에게 애통하는 마음을 주신 것은
그들을 위함이었습니다

한없이 늦었지만 이 애끓는 눈물보시고
그들에게 한량없는 위로를 베풀어 주소서!

살아만 있어다오

"애통하는 자는 복이 있나니 그들이 위로를 받을 것임이요"

(마 5:4)

한국 교회를 위하여

나에게 더 이상의 아픔이 없을 줄 알았다
북한 주민의 고통과
지하교회의 박해(迫害) 외에는

그러나
오늘
나의 가슴은 찢어졌다

소금과 빛의 사명을 포기하려는 한국 교회 때문에

철장(鐵杖)을 가지신 주께서
북한에 어서 속히 오셔서
우상들을 깨뜨려 달라는 그 기도로,
어쩌면
한국 교회가 그 철장 맛을 먼저 볼 줄 모른다

살아만 있어다오

주여,

한국 교회를 용서하소서

주의 손에 있는 촛대들을 옮기지 마소서

부디, 마지막 소생(蘇生)의 기회를 주소서

종(從)이 회개(悔改)하나이다

흐린 날에도

흐린 날에도

기도는 계속되어야 한다

비 소식이든

눈 소식이든

북녘에서 오는 소식은 항상 고통스럽다

더욱

괴로운 것은

그 고통을 부담스러워하는

우리들 때문이다

살아만 있어다오

그러할수록 더욱

눈물을 울음에 담아

제단에 바치고

또 바치자

더 이상 바칠 눈물이 없을 때 까지

목이 메여 더 이상 아뢸 수 없을 때 까지

깨어있는 몇 사람만이라도

_2012년 12월 24일 통일광장 기도회

살아만 있어다오

칼바람이

살을 베고 지나가도

터져 나오는

오열을

잠재우지 못 한다

동토에 이는 눈바람이

북녘을 휩쓸고 다닐지라도

결단코

이 곳 남쪽 광장에서 타오르는

기도의 불길을 손 댈 수 없다

이제는 모두가 아니더라도 좋다

깨어있는 몇 사람만이라도

손 붙잡고

기도하리라

잔혹한 땅에서 굶어 죽지 않도록

비정한 땅에서 유리하다가 맞아 죽지 않도록

눈물이 말라

더 이상 흘릴 눈물이 없어

더 슬프고

가슴이 텅 비어

더 이상 울 수 없다는 것이

더더욱

가슴 아프게 한다!

자매의 마지막 기도

살아만 있어다오

지금은 만나 볼 수 없고

우리가 천국에 가야만 만날 수 있는

북한지하교회 자매가

하나님 앞에 올려 드렸던 그 간절한 기도를 오늘 알게 되었네

그 기도를 한국 교회도 함께 해 주길 갈망하였기에

순교를 각오하고

언론에 자신의 기도하는 모습을 공개하였구나!

그 녀가 자신의 생명을 걸고 하였던 기도

이제는 우리가 몰랐다고 더 이상 변명할 수 없는 그 기도

살아만 있어다오

자매가 꿇어 엎드렸던 기도의 자리

우리도 나아가 무릎 꿇고

그 녀가 오랫동안 눈물뿌리며 드렸던 그 기도

이제야 이어 받네

"하나님 아버지시어,

당신의 아들 딸 들이 죽어가고 있는데

왜 구원의 손길을 주지 않으십니까?"

긴급타전(緊急打電)

SOS, SOS, SOS,

…

SOS, SOS, SOS,

SOS, SOS, SOS,

…

SOS

Save Our Souls

제발, 북녘 동포들을 살려주세요!

북녘 기도 1

굶주려도 배고프지 않게
얻어맞아도 아프지 않게
마지막까지 살아남게
해 주소서

너무나 멀리서
기도 외에는 아무 것도 할 수 없는 이가
기도합니다

북녘 기도 2

아무리 헤매어도 쌀 한 톨 얻지 못하고
허기 진 배를 물로 풀뿌리로 채웁니다

하늘 문을 열고
하늘의 양식을 내리어 주소서

무릎 꿇고 눈물로 애원하오니
그 땅에 사는 의인 열 명을 보시고
부디 노여움을 푸소서

그 땅의 생명을 거두지 마소서
멸절시키지 마소서

생명의 주여!

살아만 있어다오

북녘 기도 3

오늘도 여전히
기도합니다

주여,
내 민족을 구원해 주소서
이 외에 더 간구할 것이 없습니다

주여,
압제의 고통에서 구원해 주소서
그 생명을 구원해 주소서

북녘기도 4

몇 번을 생각해봐도
그 때마다 이 말씀으로 돌아옵니다
분명 이때를 위하여 우리에게 주신 것,

언 몸을 녹여주시고
굶주린 배를 채워주소서

더 이상 위험을 걱정할 필요가 없는
그 안온한
주님의 만찬에
들어가기를 간절히 원합니다

오소서
주여,

우리가 주의 음성을 듣고
문을 엽니다

살아만 있어다오

"볼지어다 내가 문 밖에 서서 두드리노니

누구든지 내 음성을 듣고 문을 열면

내가 그에게로 들어가 그와 더불어 먹고

그는 나와 더불어 먹으리라"

(계 3:20)

북녘 기도 5

당신이 갇혀있는 그 곳
하늘의 소망이 가득하기를 원하며

당신이 숨어있는 그 땅에
하늘의 평강이 넘치기를 바랍니다

이 기도 응답받으면
내 춤추고 노래하리니
이는 당신이
주님 마음이 토하는 울음이기 때문입니다

살아만 있어다오

아니

당신이 지금 살아있는 것만으로도
내 기쁘고 즐거우니
이는 당신이
주님 눈에 머금은 눈물이기 때문입니다

새해 아침의 기도

아침잠을 깬 모든 사람마다
희망의 새날이 되게 하소서

못 가진 자나 가진 자나
하루가 공평하게 주어진 것을 깨닫게 하시고

병든 자나 건강한 자나
언젠가는 흙으로 돌아간다는 사실을 상기시켜 주소서

아침에 모든 사람들이
일터로 나서게 하소서

직장을 못 구한 사람에게
하루 속히 평생 일 자리를 주시고

살아만 있어다오

직장에서 일하는 사람들에게는

자신이 한 일로 말미암아 많은 사람이 기뻐한다는 사실로

인하여 흐뭇하게 하소서

점심시간에는

직원이든 상사이든

한 끼의 식사를 거르지 않고 먹을 수 있다는 사실에 감사하

게 하시고

따뜻한 차가 우리 몸을 덥히듯이

나누는 대화가 서로를 격려하게 하소서

귀가하면

반갑게 맞이하는 가족이 있다는 것이

얼마나 큰 행복한 것인가를 깨닫게 하시고

혹 홀로 있게 된 사람은 더 늦기 전에
그 누구의 남편, 아내, 아들, 딸, 아버지, 어머니가 되게 하소서

잠자리에 들 때
하루의 생명을 지켜 주신 것을
감사하는 기도를 잊지 않게 하시고

내일 아침에도
밝은 아침빛이 여전히 반갑게 맞아 줄 것이라는
믿음을 결코 잃어버리지 않게 하소서

하오나

이 모든 소원들보다도
아니 그 어떤 것보다도
이 간구만은 꼭 들어 주소서

북녘 동포들이
허기지지 않게 해 주소서
살아 있게만 해 주소서

그들의 영혼을 구원해 주소서
부디
그렇게 해 주소서

조국교회(祖國敎會)는 하나

남쪽에 있든
북쪽에 있든

온 우주에
주님의 교회는 하나

수 십 년 분열된 것이 이제는 아무리 편하다고 해도
주님의 몸은 하나

남북통일을 원한다고 하면서도
남한교회는
아직도 서로가 여전히 남이다

하나 되지 못한 남한교회가
자유 통일을 맞이한다고 해도
그 통일의 기쁨은 잠시

남한교회보다 더 분열된 북한교회를 세우지는 않을까?

우리가 정말 통일을 원한다면

주님의 몸이 하나이듯이

우리도 하나가 될 때

정말

한참

늦었지만 그래도

지금은 하나를 이루어야만 할 때

그 날이 오면

일으키시리라

의에 굶주린 자
황금에 물들지 않고
정절을 지킨 자들을

그 날에
갈고 닦은 빛의 갑옷을 입고
화염검을 들고
홀연히
나서리라

천사장이 나팔을 불 때
하늘이 열리며
우레와
큰 음성과
번개가 쏟아지리라

살아만 있어다오

땅에서는 지진이 일어나
땅에 솟아 있는 그 모든 우상들을
한순간에 쓸어
더 이상
우리 눈에 보이지 않게 하시리라

이제 곧 그 날이 오리니
준비하라
그대
하늘의 군사여
땅의 왕이여

순전한 영혼이 울부짖는
아침의 기도 소리를 엿들으며

남숭우_부경대 교수, 문학평론가

김덕규 시인을 처음 만난 시점을 뒤돌아보
니 벌써 40년이 지났다. 1970년대 초
대학생활을 시작하면서 우리는 학생신앙운동(Student For
Christ)이란 동아리 활동을 같이 하였다. 매주 한 차례씩 수
업이 시작되기 전 아침 일찍 캠퍼스 속에 마련된 야외 동산
에서 성경말씀을 나누고 함께 기도하는 시간들을 가졌다.
대학생 시절, 갈등도 많고 고민도 많았지만, 이러한 학생신
앙활동은 삶의 비전을 세우는데 큰 도움이 되었다. 그때부
터 의학도였던 김덕규 시인은 이공계 전공자답지 않게 문
학에 대한 관심이 많았다. 독서량도 많았고, 특히 시적인
감수성을 지니고 있어, 시를 좋아했던 기억이 난다. 순박하
고 부드러운 그의 얼굴에서는 항상 미소가 떠나지 않았다.
그때 필자는 앞으로 김덕규 시인은 의사가 되면 의료선교
사로서 이곳 저곳을 다니며 선교하리라고 생각했다. 하나

살아만 있어다오

님이 주신 소명에 대한 확신을 언제나 가지고 있었기 때문이다. 그런데 예과 2년을 마치고 김덕규 시인은 의예과에서 본과로 진급하면서 자주 만날 기회는 사라졌다. 모두들 대학을 졸업하고 각자의 삶의 길로 바쁘게 나아가면서, 만날 기회는 더욱 적었다. 사회인이 되어 교회생활을 하면서, 종종 들려오는 개인적인 소식들을 통해 각자의 안부를 확인할 수밖에 없었다. 세월이 그렇게 흘러갔다.

그러던 중 2010년 4월에 천암함 침몰 사건이 일어나 46명의 수병들이 침몰된 천암함에서 사투를 벌이고 있는 시각에 김덕규 시인은 〈772함 수병은 귀환하라〉라는 제목으로 해군 홈페이지 자유게시판에 시를 올렸다.

〈772함 나와라/ 온 국민이 애타게 기다린다/ 칠흑의 어두움도/ 서해의 그 어떤 급류도 당신들의 귀환을 막을 수 없다/ 작전 지역에 남아 있는 772함 수병은 즉시 귀환하라/ 중략/ 46명의 대한의 아들들을 차가운 해저에 외롭게 두지 마시고/ 온 국민이 기다리는 따뜻한 집으로 생환시켜주소서/ 부디/ 그렇게 해주소서〉

차가운 바다 가운데서 고통당하고 있는 수병들을 향한 절절한 구원의 호소는 단순한 기도시를 넘어 영감으로 충

일해 있어, 많은 국민들의 공감을 불러일으켰다. 수병 한 사람 한 사람의 이름을 부르며, 휘몰아치듯 강렬한 시적 리듬을 타고 흘러내리는 수병을 향한 구원의 기도는 대중의 가슴을 울리는 훌륭한 한 편의 시였다. 그러나 그때까지 김덕규 시인은 공식적으로 등단을 거친 시인은 아니었다. 이후 지속적으로 김덕규 시인은 시와 산문 작업을 해 오다 그 결과물을 《기도로 채워지는 하나님의 시간》이란 신앙수필집을 묶어내기도 했다. 그 즈음에 필자는 김덕규 시인이 재직하고 있는 병원에서 다시 새로운 재회를 하게 되었다.

이 만남은 순전히 필자가 고통당하고 있는 당뇨 때문이었다. 나이 들면서 찾아온 당뇨를 치료하기 위해 병원을 찾다가 김덕규 시인이 생각났던 것이다. 김 시인은 부산지역에서 당뇨관련 전문의로서는 상당한 업적과 경륜을 가진 이름 있는 의사였기 때문이다. 처음 병원에서 김 시인을 만났을 때는 그가 그렇게 많은 글을 써오고 있다는 사실을 알지 못했다. 정기적으로 당뇨검사와 진료를 위해 주치의가 되어버린 김 시인을 병원에서 만나면서, 그가 남들 몰래 지속적으로 시와 산문을 쓰고 있다는 사실을 확인했다. 이 사실을 확인한 후에 나는 호기심이 발동했다. 문학비평을 하는 필자의 입장에서는 김 시인의 작품의 수준과 내용을 한 번 확인해 보고 싶었던 것이다. 한 번 작품을 보고 싶다고 청했

으나, 김 시인은 부끄럽다며 극구 사양했다. 아마추어 수준을 넘지 못하는 시 수준이니, 볼 것이 없다는 것이었다. 그러나 대학 학창 시절부터 시에 대한 관심을 가졌던 터라, 그의 시 수준을 한번 확인해야겠다는 강한 욕구를 제어할 수 없었다. 일단 시 몇 작품이라도 메일로 보내어 한번 읽어볼 수 있으면 좋겠다고 간청을 했다. 몇 번의 사양이 있었지만, 힘들게 그의 시를 볼 수 있는 기회가 주어졌다.

그가 보낸 몇 편의 시를 읽으면서, 필자는 그 동안 시비평을 위해 수없이 읽어오던 전문 시인들의 다양한 시를 읽으면서 느끼지 못한 묘한 시적 공감대를 느꼈다. 우선은 시적 기교가 거의 없기에 소통에 문제가 전혀 없다는 점이었다. 어쩌면 시의 이러한 쉬운 소통력은 아마추어 시인들이 지닐 수밖에 없는 한계일 수도 있지만, 김 시인의 시는 그런 수준은 넘어 서 있었다. 다음은 시가 지녀야 할 순수성 즉 인간의 감정의 순수함이 그대로 잘 드러나고 있다는 점이었다. 시경에서 시를 정의하면서, '詩一言而蔽之曰 思無邪'라고 했다. 시를 한 마디로 정의한다면, 생각에 사특함이 없다라는 뜻이다. 시란 한 마디로 말하면, 인간이 느끼는 감정을 있는 그대로 순수하게 드러낸 것이란 말이다. 시의 본질의 한 부분을 잘 포착한 정의이다. 요즈음의 시들은 너무 기교에 기울어져 순수한 감정들이 많이 왜곡되고 있다. 또한 순수한 감정들이 수사적 언어에 의해 너무 과장되어 순수성이 변질되는 경우들이 많다. 이에 비해 김 시인의 시편에서는 기교에 의한 언어의 왜곡이나 과장이 보이지 않았다. 쉬운 시가 언제나 좋은 시는 아니지만, 언어를 변질시키지 않고 순수한 감정을 소통시킬 수 있다는 것도 시의 본질적 차원에서는 하나의 특장이 될 수 있다.

이런 측면에서 김 시인은 기질적으로 시인으로서의 본성을 지니고 있다는 생각이 들었다. 이런 생각에 이르자 물리적으로 나이는 들었지만, 정식으로 시인으로 데뷔할 만한 자격을 충분히 가졌다는 생각을 하게 되었다. 필자는 서둘러 김 시인에게 그 동안 써놓은 시편을 더 요구하게 되었고, 그 시편 중 가작들을 골라 신인상을 모집하는 문예잡지인 〈문학시대〉에 보내도록 했다. 그 결과 김덕규 의사는 정식으로 김덕규 시인으로 또 다른 하나의 이름을 더 가지게 되었다. 그는 시인은 되었지만, 아직도 부끄러움을 떨치지 못하고 있다. 자격도 없는 사람이 시인이란 고귀한 이름을 더럽히고 있는 것이 아닌가 하는 염려 때문이다. 그는 신앙의 순결성을 지키듯 시인이 지녀야 할 생각과 삶의 순수함을 아직 고집하고 있는 의사이다. 그래서 그의 시적 열망은 아직 문학소년의 열정에 가깝다. 순수하다는 것은 단순히 순수만을 지향한다는 것이 아니라, 비순수하고 오염

살아만 있어다오

된 것들에 대한 강렬한 비판적 시각을 유지하고 있다는 것이다. 이는 달리 말하면 시인이 품고 있는 순수하고 온당한 생각들이 제대로 실현되지 않는 부조리한 현실에 대해 비판적 시각을 견지하고 있다는 의미이다. 그 열정의 현장을 확인하는 일이 이 시집에 실린 시편들을 제대로 읽어가는 길이다. 이 시집에는 김 시인이 그 동안 가슴에 품어온 순수한 열정들이 思無邪의 사유를 통해 숨김없이 드러나고 있기 때문이다. 그 현장을 이제 자세히 한번 들여다 보자.

김덕규 시인은 남달리 아침에 대한 시적 인식이 많다. 왜 시인은 아침에 유독 관심하고 있는가? 새로움과 순전함 때문이다. 일상적으로 우리가 늘 아침을 맞기에 하루 하루의 아침이 특별하게 인식되지 않을 수도 있다. 그러나 시인의 아침 인식은 늘 새롭고 순전한 시간의 시작으로 인식하고 있음을 본다.

늦게 일어났기에
이제야 맞이하게 된 것을 미안해하면서도
그 눈부심에 차마 눈 못 뜨는
나에게
사랑이 다가왔다

한 번도 이 단어를
쓰려고 생각조차 해 본 적이 없었지만
이 순간 이 말을 쓰지 않을 수 없구나

이 말 외에는
내 느낌을 그대로 담아낼 수 있는 말이
없기에

순전한 아침이
나에게 시집왔다

「순전(純全)한 아침」

새아침이 시인에게는 순전한 아침으로 명명되고 있고, 그 아침은 달리 말하면 사랑으로 환원된다. 왜 이 순전한 아침이 사랑으로 다가오는 것일까? 일생을 살아가는 인간에게 하루 하루의 새아침이 허락된다는 것은 누군가에 의해 주어지는 사랑이 아니고는 불가능하다고 믿기 때문이다. 아침을 여는 주체가 베풀어주는 사랑이 없이는 새 아침을 맞을 수 없다는 믿음의 결과이다. 그래서 시인은 아침을 여는 주체가 전능자임을 분명히 고백하고 있다.

아침입니다

전능자 편에 서서
그의 길을 추종해온 자들만이
누릴 수 있는
영광의 아침입니다

오늘도
많은 이들이 따라 나서지는 않겠지만
쫓아가기로 작정한 사람은
마냥 행복한 아침입니다

전능자가 앞서 길을 여는
밝은 아침입니다

누구나 따라 나서기를 초청하는
아침입니다

저녁에 맛 볼 기적을
만들어 갈 아침이요,

저녁이 되어서야
자신의 선택이 옳았다는 것을
깨달을 수 있는

그 아침이
바로 우리 앞에 와 있습니다

「전능자가 여는 아침」

시인이 사랑으로 인식한 순전한 아침을 여는 주체가 시인 자신이 아니라, 전능자임을 고백하고 있다. 우주만물의 운행을 주체하는 전능자의 힘으로 인간에게 새 아침이 주어짐을 분명히 확신하고 있다. 그런데 매일 새아침이 주어지는 전능자의 뜻을 따라 살아가는 자가 많지 않음을 역시 고백하고 있다. 그 길은 신의 뜻을 따라 나서는 길이기에 많은 이들이 함께 하는 길이 아니라는 것이다. 그러나 그 길을 쫓아가고자 마음먹는 자들에게는 행복한 길이라고 제안한다. 그래서 전능자가 앞서 여는 길을 따라나서기를 초청하는 아침이라고 부언한다. 이러한 아침은 인간이 주체적으로 만든 것이 아니기에 시인은 선물로 인식하고 있다.

매일 받으면서도
감사할 줄 모르는 나에게
오늘도 변함없이
아침을 주셨습니다

어제의 부끄러움을 잊으라고
얼굴을 씻기시고
일에 지쳐 피곤해 할까봐
밥 한술 떠 먹여주셨습니다

바삐 출근길 나서는 내 앞에

아,
당신은

빛,
빛의 카펫을
펼쳐 놓으셨습니다

죄송스러워
머뭇거리는 나의 등을 살며시 밀면서

시 해설

말씀하셨습니다

"아침이 너를 반기는 구나"

아,
정말 당신은

나를 위해
천국의 아침을
내려주셨습니다

「아침 선물」

    시인이 인식하는 아침은 늘 새롭게 펼쳐지는 빛의 시간이다. 천국의 원형적 이미지를 함축하고 있는 이 빛은 어둠을 밀쳐내는 근원적 힘이다. 빛은 하늘로부터 내려오는 전능자가 허락한 하늘의 선물임과 동시에 어둠으로 상징되는 악을 몰아내는 선의 원형적 이미지 중의 하나이다. 중요한 것은 시인에게 이 빛은 하루하루의 피곤과 부끄러운 죄악들을 씻어주는 은총의 빛이 되고 있다는 점이다. 시인에게 있어 이러한 아침은 단순하게 보낼 시간이 아니다. 그래서 시인은 아침마다 의미깊게 주어지는 이 아침을 자신의 영적 비상을 위한 시간으로 삼고 있다.

멀리 동편 하늘이 드러날 즈음
어두운 숲의 고요함을 깨고
새들이 일제히 날아오른다

그 날개 짓 너머
밝은 감색 꼬리를 길게 만들며
비행기 한 대 힘찬 상승 비행(飛行)을 한다

지금은 서툰 나의 아침 날개 짓
때가 되면
나를 저 높은 하늘로 데려가리라

「아침비행」

　　시인은 아침이 되면 비상하는 새와 비행기의 비상을 바라보며 자신의 비상도 함께 소원하고 있다. 매일매일 새롭게 은총으로 주어지는 아침을 감각하면서 전능자의 손길을 느끼는 삶을 통해 궁극적으로 천상의 삶에 이르리라는 기대를 하고 있다. 〈저 높은 하늘〉이라는 고도는 단순히 높은 곳을 지칭하는 선을 넘어 시인이 지향하는 궁극적인 하나님의 나라가 실현되는 공간이다. 그런데 그 기대의 실현은 시인 스스로의 자력에 의해 이루어지는 것이 아니라, 누군가가 〈나를 저 높은 하늘로 데려가리라〉라는 타자를 의식하고 있다는 점이 중요하다. 이는 바로 전능자의 은총에 의해서만 자신의 삶에서 천국이 실현될 수 있다는 신앙의 고백이기도 하다. 모든 신자들은 현실 삶에서 천국이 실현되기를 소원하며 살아가고 있다. 이 땅을 떠난 사후의 천국이 아니라, 지금 이곳에서의 천국의 실현이 신자에게 주어진 삶의 과제이다. 그러나 매일 매일 새로운 아침을 맞으며 하루하루를 천국으로 살아가고자 하지만, 신자들 앞에 놓여진 현실은 그렇지를 못하다. 부조리한 현실 앞에서 절망할 수밖에 없고, 전능자의 선한 뜻과는 너무 거리가 먼 악으로부터 비롯된 슬픔들이 산재해 있는 것이 현실이다. 이 현실 앞에 〈순전한 아침〉을 노래한 시인은 아파할 수밖에 없다.

특히 김덕규 시인은 많은 현실의 부조리 중 우리 민족의 큰 아픔인 남북분단으로 인해 고통 중에 있는 북한 동포들과 탈북자들의 아픈 현실에 남다른 관심을 보이고 있다.

진달래 철쭉 꽃 앞 산 곱게 단장하고
봄옷 차려입은 처녀들의 들뜬 발걸음 소리에

살아만 있어다오

다들 봄이 왔다고들 하지만
모란봉에 목련 꽃망울 애써나 맺지 못하고
대동강 빨래 터 아낙네들 웃음 아직 들리지 않으니
우리들의 봄은 아직 멀었다

「봄은 아직 멀었다」

계절은 변함없이 흘러 봄은 찾아왔지만, 아직 봄은 멀었다라고 노래한다. 이는 단순한 계절적 봄을 노래한 것이 아니라, 풀리지 않고 있는 남북한 관계를 의미한다. 봄이 와서 남녘의 봄 처녀들의 들뜬 발걸음 소리는 들리지만 북녘의 모란봉, 대동강변의 처녀들의 봄소리는 들을 수 없는 오늘의 아픈 현실을 드러내고 있다. 지속되고 있는 남북분단이 낳은 아픈 현실이다. 하나 되지 못한 한 민족의 비극은 단순히 이러한 현실에서 끝나지 않는다. 굶주림에 지친 자들의 탈북이 계속되고, 이들의 고난이 더욱 심각해지고 있기 때문이다.

탈북자들을
사지(死地)로 다시 내 몰지 마라

그 들은

배고픔을 면하기 위하여
생명을 부지하기 위하여
죽음을 무릅쓰고 국경을 넘어 온
난민(難民)이다

그들에게
고문과 구타와 굶주림이 기다리는 북으로
돌려보내라고 하는 죽음의 도장을 찍지 말고
난민으로 인정하여
생명을 살리는 서명을 하라

난민들이
가기를 원하는 곳으로 보내어
자유의 공기를 마시게 하라
풍족한 빵을 먹을 수 있도록 도와주라

난민들을
그들이 그렇게 가기를 소원하는 곳,
대한민국으로 인도하라

살아만 있어다오

소중한 인권을 가진 난민들을
죽음의 수용소로 내 모는 짐승 같은 짓을
다시는 해서는 안 된다
당신들이 인간이면 말이다

「그렇게 하지 마라」

오직 배고픔을 면하기 위해, 생존을 위해 탈북한 자들이 난민의 지위를 인정받지 못해 사지(死地)로 내몰리고 있는 아픈 현실을 고발하고 있다. 기본적인 생존권도 보장받지 못하고 죽음으로 내몰리고 있는 이 현실이 시인으로 하여금 분노에 가까운 강렬한 메시지를 낳고 있다. 이는 하늘이 부여한 인간에게 주어진 기본적인 권리를 약탈하고 있는 비인간적인 체제와 제도들에 대한 항거이며, 전능자가 사랑하라고 부여한 인간에 대한 기본적인 예의의 발로이다. 이러한 시인의 발언은 근원적으로 하늘이 부여한 인간의 생명에 대한 존엄을 지켜가야 한다는 표현이며, 나아가서는 같은 민족에 대한 동포애의 결과이다. 이러한 시인의 남다른 동포애는 탈북했다가 다시 북으로 끌려간 청소년들에 대한 안타까운 호소로 이어진다.

마지막 문턱이 그렇게 높았던가
자유의 땅
약속의 땅을
마음속으로는 이미 다 밟았는데

우리의 기도가 부족했다
정성이 모자랐다

발부등치며 울부짖는 소리들을
우리들이 귀담아 듣지 않는 사이
너희들은 죽음의 땅으로 끌려갔구나

용서해라
이 죄를 어떻게 씻을 수 있겠는가

광혁아,
너희 셋은 이름도 같은데
이름을 제대로 불러주는 사람이 없구나

국화야, 정연아,
이곳에 왔으면 얼마나 많은 사랑을 받았을까?
광영아, 철용아, 철아, 영원아,

살아만 있어다오

총칼 앞에서
등에 진 배낭 속의 성경,
너희들 것이 아니라고 부인해도 좋으니
제발 살아만 다오

그렇다
순교가
우리들의 몫이지
어찌 너희들의 몫이겠느냐

아들 딸 들아,

살아만 달라
살아만 있어라

우리가 그 모든 장벽을 부셔버리고
너희들을 구출할 때까지
제발
살아만 다오

우리 아들 딸 들아

「살아만 있어다오」

125
시 해설

탈북하여 난민으로 떠돌다가 결국 다시 북으로 끌려간 청소년들의 소식을 접하면서, 시인은 피눈물 나는 안타까운 가슴을 치고 있다. 그들이 자유의 땅으로 오지 못한 것이 우리들의 잘못이라고 회개하면서, 〈구출할 때까지 제발 살아만 다오〉라고 간절하게 울부짖고 있다. 이러한 시인의 아픈 현실에 대한 남다른 인식은 근원적으로 하나님의 공의와 사랑에 대한 특별한 이해 때문이다. 즉 모든 인간은 하나님의 창조물로서 전능자가 은총으로 허락해 준 이 땅에서 천국을 이루어가면서 살아가라고 하셨는데, 이 지구촌 곳곳에는 아직까지 이러한 하나님의 공의와 사랑이 실현되지 못하고 있다. 현실의 이러한 부조리를 넘어서기 위해서는, 하나님의 은총을 먼저 받은 자들이, 그 하나님의 공의와 사랑을 실천해가야 한다는 믿음과 신념이 시인에게 작동하고 있는 것이다. 시인은 이러한 신념으로 북한 동포들에 대한 사랑과 헌신을 기도시에 의탁하고 있는 것이다. 그러나 이러한 시인의 열정과 간절함은 아직도 까닥하지도 않고 서 있는 현실의 벽을 경험한다. 이 현실 앞에 절망을 느끼기도 하지만, 하늘 향한 울부짖음은 계속되고 있다.

살아만 있어다오

날이 갈수록 힘이 드는 하늘 향한 울부짖음
그러나 오늘도 멈출 수는 없다

눈물이
하늘로 흘러가면 좋으련만
어찌
아래로, 땅으로만 떨어지는가

이제
이 눈물마저 마르면
더 이상 해 볼 것이 없구나

하늘 문은 아직도 굳게 닫혀있는데
북녘 땅에 햇살이 쏟아질 기척도 없는데

하늘이여,

비록 이 눈물 아무 가치 없더라도
북녘 땅에 흥건한
그 피눈물만은
결코

결코

외면하지 말아주소서

「더 이상 할 것이 없다」

북한의 고통받는 동포들을 향한 끊임없는 기도는 일종의 심한 고통이다. 기도는 엄청난 고뇌의 시간을 필요로 하기 때문이다. 그러므로 이 기도를 계속한다는 것은 그렇게 쉬운 일이 아니다. 특히 무너지지도 않을 것 같은 장벽을 향한 지속적인 기도는, 기도가 실현되는 시간이 지체될수록 더욱 힘들어진다. 그래서 시인도 〈날이 길수록 힘이 드는 하늘 향한 울부짖음〉으로 표현하고 있다. 그런데 시인은 이 기도를 멈출 수는 없다고 단언한다. 그 이유는 단순하다. 지금까지 시인이 견지해온 북녘 동포를 향한 하나님의 사랑과 정의를 포기할 수 없기 때문이다. 그래서 시인은 하늘을 향해 〈비록 이 눈물 아무 가치 없더라도 북녘 땅에 흥건한 그 피눈물만은 결코 외면하지 말아주십시오〉라고 강변하고 있는 것이다.

이러한 시인의 강력한 의지는 단순히 현실에서 들리는 북한 동포들에 대한 상식적인 소문에 근거한 것이 아니라, 그가 의사이면서도 사회를 위해 활동하고 있는 〈고신전문인 선교훈련원〉 이사장과 〈통일선교연구소〉 연구원으로

128

살아만 있어다오

일하는 경험에서 비롯된 생생한 체험에서 나온 것으로 보인다. 누구보다도 많은 북한 관련 자료와 소식들을 접하면서 느끼는 생체험들이 시인의 사유를 이렇게 정향하고 있는 것이다. 그래서 이 시집의 마지막 4부 〈기도수첩〉은 온통 남북한이 하나되는 통일을 위해 남북한을 위한 절절한 기도로 채워져 있는 것이다.

북한 땅에서 살아가면서 고통당하는 동포를 향한 안타까운 울부짖음인 「북녘 기도 1」, 「북녘 기도 2」, 「북녘 기도 3」, 「북녘 기도 4」, 「북녘 기도 5」는 시인이 생각하는 북한 동포들을 위한 사랑의 메시지임과 동시에 남한에서 자유인으로 살고 있는 사람들의 책무를 각성케하는 매개물이 되고 있다. 특별히 한국교회를 향한 엄중한 고발은 한국교회에 속해 있는 모두가 귀담아 들어야 할 경고이기도 하다.

나에게 더 이상의 아픔이 없을 줄 알았다

북한 주민의 고통과
지하교회의 박해(迫害) 외에는

그러나

오늘

나의 가슴은 찢어졌다

소금과 빛의 사명 감당을 힘겨워하는 한국 교회 때문에

철장(鐵杖)을 가지신 주께서
북한에 어서 속히 오셔서
우상들을 깨뜨려 달라는 그 기도로
어쩌면
한국 교회가 그 철권(鐵拳)의 맛을 먼저 볼 줄 모른다

주여,

한국 교회를 용서하소서
주의 손에 있는 촛대들을 옮기지 마시고
부디, 마지막 소생(蘇生)의 기회를 주소서

종(從)이 회개(悔改)하나이다

「한국교회를 위하여」

오직 북한 동포들을 생각하며, 그 아픔을 치유하기 위해
오래 동안 기도해온 시인은 남한 교회의 현실 앞에 절망하

살아만 있어다오

고 있다. 그 절망의 실체는 교회가 교회로서의 본질적 사명인 빛과 소금의 역할을 감당하지 않고 있음이다. 교회에 속해 있는 신자들이 이 기본적인 사명의식을 잃어버린다면, 신자는 이미 신자가 아니고, 교회는 교회로서의 순수성을 잃어버린 것이다. 이에 시인은 하늘 향하여 이를 용서받기를 간구하고 있다. 남북한의 분단을 극복하고 민족이 하나되는 통일을 위해서는 모든 영역이 다 각자의 역할을 해야 하지만, 남한 교회의 역할은 더욱 심대한 것이 현실이다. 갈라진 민족간의 갈등을 근원적으로 치유하기 위해서는 우선 진정한 화해를 실현해야 한다. 이것이 전제되지 않으면 통일의 토대를 만들 수 없다. 그런데 이 진정한 화해는 사랑과 정의의 실현없이는 불가능하다는 측면에서 남한 교회의 역할은 중차대할 수밖에 없다. 하나님의 사랑과 정의의 실현이 교회가 감당해야할 중요한 덕목이기 때문이다. 이러한 시대적 소명 앞에서 남한 교회는 지금 자기역할을 제대로 감당하지 못하고 있으니, 시인의 가슴은 더욱 답답할 수밖에 없다. 이런 현실 앞에서 시인은 남을 탓하기보다 먼저 자신을 하나님 앞에 겸손히 드러내놓고 회개의 목소리를 높이고 있다는 점에서, 시인이 궁극적으로 지향하는 삶의 자세를 엿보게 한다. 현실의 아픈 부조리에 대해 타협하지 않고 순수한 감성으로 대응하면서도, 남을 탓하기 이전에 자신을 쳐서 복종시키고 성찰하는 삶의 태도를 보이고 있다. 이러한 삶의 자세는 인간이면 누구나 벗어나기 힘든 이기적 삶에서 철저한 이타적 삶으로의 전향없이는 불가능하다. 그러면 이런 삶은 어떻게 가능한가? 전능자가 내려준 하늘의 은총을 경험한 자만이 가능하다. 선물로 받은 하늘의 은총인 사랑과 정의를 받은 자는 이를 다른 사람에게 나누어주며 사는 것이 삶의 궁극적 목적이 되기 때문이다.

김덕규 시인 역시 이런 하늘의 은총을 받은 자로서 살아가기를 기도하며, 또한 실천해 가고 있는 한 사람이다. 그래서 그는 매일 새롭게 열리는 아침마다 〈아침 비행〉을 꿈꾸고 있으며, 특별히 「새해 아침의 기도」에서는 이를 삶의 궁극적 목표로 삼고 있음을 명징하게 보여주고 있다. 그러므로 이 한 편의 시를 읽는 것만으로도 김덕규 시인의 삶의 세계관과 지향점을 한 눈에 파악할 수 있다. 민족을 향한 하나님의 사랑과 정의가 편만하게 펼쳐지길 소원하는 이 마지막 시를 함께 읽는 것으로, 김덕규 시인이 그 동안 가슴에 깊이 품고 살아온 열정의 현장을 둘러보는 시의 산책을 마무리 한다.

아침잠을 깬 모든 사람마다
희망의 새날이 되게 하소서

못 가진 자나 가진 자나
하루가 공평하게 주어진 것을 깨닫게 하시고

병든 자나 건강한 자나
언젠가는 흙으로 돌아간다는 사실을 상기시켜 주소서

아침에 모든 사람들이
일터로 나서게 하소서

직장을 못 구한 사람에게
하루 속히 평생 일 자리를 주시고

직장에서 일하는 사람들에게는
자신이 한 일로 말미암아
많은 사람이 기뻐한다는 사실로 인하여 흐뭇하게 하소서

시 해설

점심시간에는
직원이든 상사이든
한 끼의 식사를 거르지 않고 먹을 수 있다는 사실에
감사하게 하시고

따뜻한 차가 우리 몸을 덥히듯이
나누는 대화가 서로를 격려하게 하소서

귀가하면
반갑게 맞이하는 가족이 있다는 것이
얼마나 큰 행복한 것인가를 깨닫게 하시고

혹 홀로 있게 된 사람은 더 늦기 전에
그 누구의 남편, 아내, 아들, 딸, 아버지, 어머니가 되게 하소서

잠자리에 들 때
하루의 생명을 지켜 주신 것을 감사하는 기도를 잊지 않게 하시고

내일 아침에도
밝은 아침빛이 여전히 반갑게 맞아 줄 것이라는
믿음을 결코 잃어버리지 않게 하소서

살아만 있어다오

하오나

이 모든 소원들보다도
아니 그 어떤 것보다도
이 간구만은 꼭 들어 주소서

북녘 동포들이
허기지지 않게 해 주소서
살아 있게만 해 주소서

그들의 영혼을 구원해 주소서
부디
그렇게 해 주소서

「새해 아침의 기도」

살아만 있어다오

초판 1쇄 발행	2013. 12. 15.
지은이	김덕규
펴낸이	방주석
펴낸곳	베드로서원
주소	(130-812) 서울 동대문구 신설동 104-8 진흥빌딩 501호
전화 | 팩스	02)333-7316 | 02)333-7317
이메일	peterhouse@daum.net
홈페이지	www.peterhouse.co.kr
창립일 | 출판등록	1988년 6월 3일 | 2010년 1월 18일(제59호)
ISBN	978-89-7419-324-9 03810
책값	뒤표지에 있습니다.

베드로서원은 말씀과 성령 안에서 기도로 시작하며
영혼이 풍요로워지는 책을 만드는 데 힘쓰고 있으며
문서선교사역의 현장에서 세계화의 비전을 넓혀가겠습니다.

나의 힘이신 여호와여 내가 주를 사랑하나이다(시 18:1)